KB273349

도피안사 뒷산에 올라 침묵이 가부좌를 틀은

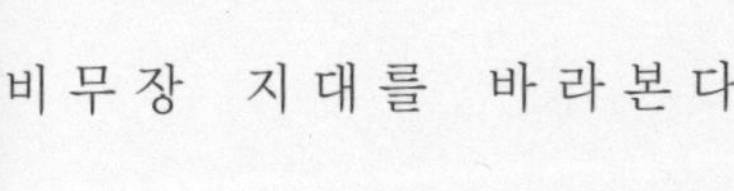

비무장 지대를 바라본다

수류탄 고기잡이

정춘근 시집

수류탄 고기잡이

초판인쇄 | 2006년 8월 11일 **초판발행** | 2006년 8월 17일 **지은이** | 정춘근 **펴낸이** | 배재경 **펴낸곳** | 도서출판 **작가마을**
편집 | 조훈아 **표지디자인** | 송기철 **교정·교열** | 원무현 **인쇄** | 대흥인쇄사 **제본** | 광명제책사
등록 | 2002년 8월 29일(제 02-01-329호)
주소 | (121-841)서울시 마포구 서교동 448-38 한일B/D 302호 T.(02)333-2598 F.(02)333-1849
　　　부산사무실 /(600-012)부산시 중구 중앙동 2가 49-2 대진B/D 301호 T.(051)248-4145,2598 F.(051)248-0723
　　　전자우편 / seepoet@hanmail.net

© 2006. 정춘근 ISBN 89-90438-41-1 03810
정 가 / 6,000원

수 류 탄 고 기 잡 이

두 번째 시집을 세상에 내놓는다.

사흘만 독서하지 않으면 입안에 가시가 돋는 세상이 가고 하루만 인터넷과 TV를 시청하지 않으면 금단 증세에 빠지는 현실에서 내가 쓴 글을 가슴으로 읽어줄 독자가 몇 분이나 될까 의문을 품으면서 용기를 내 보았다.

마우스를 클릭 하거나 리모컨 스위치를 누르면 지구촌 정보가 쏟아지는 시대에 구시대 유물인 동서 이념의 분단이 존재하고 녹슨 철조망이 사람들 발길을 막는 수복지구 철원에 사는 내 詩의 소재는 단순하다.

아마 내가 쓴 글들은 평안도 열여섯 소녀가 일흔의 할머니가 된 우리 어머니 실향의 한숨 자락 하나 제대로 담아 내지 못했을 것이다. 황해도 소년이었던 아버지가 귀향 꿈을 접던

생의 마지막 순간 눈가에 맺혀 있던 서러운 눈물방울조차 제대로 담아 낼 재주가 없었는지 모른다.

시집을 내면서 우선 칠순 어머님과 큰 가르침을 주시는 민영 스승님께 감사를 드린다. 내 아내와 식구들 그리고 철원 도서관 문예 창작반 회원들과 보잘 것 없는 시집 출판을 기꺼이 승낙 하신 작가마을 배재경 사장님께도 감사를 드리면서 내 시에 깊이를 더해 주신 이상철 김지원 님께도 이 기쁨을 전한다.

2006년 8월

정 춘 근

1

2

3

1

노루
−비무장지대

1.
적인 줄 알았다
으스름한 새벽
비무장 지대 안에서
움직이는 검은 물체가

남과 북 병사들
핏발선 눈으로 바라보는
죽창 같은 긴장의 틈새로
햇살이 퍼지자
계곡에서 물을 먹는
귀여운 침입자 노루 한 쌍

하루종일 풀을 뜯다
저녁이면 돌아가고
새벽에 찾아오는 노루를
병사들이 밤새워 기다린다

2.
노루가 보이지 않는다
사흘째 발견 못했다는
초병의 보고가 불안하다

망원경으로 노루가 물을 먹던
빈 계곡을 보다가
며칠 전 북한 초소에서
피어오르던 연기
마음에 걸린다

총에 탄창을 확인한다

3.
노루가 오지 않았다
야간 근무 마친
보초병 표정이 어둡다

포대경으로 노루가 풀을 뜯던
벌판을 바라보면서
사흘 전 남쪽 병사들이
족구를 하고 나서
둘러앉아 구워 먹던 것이
불안하게 생각난다

소총 안전장치를 푼다

4.
보름째 노루가 오지 않았다

대남 대북 방송이 격렬해지고
긴장이 높아가기만 하는
으스름한 새벽
뭔가 움직인다 아주 천천히
남북한 병사들 총에
안전장치는 벌써 풀렸다

느릿느릿 여명이 걷히는 순간
기다리던 노루 뒤에
두리번거리는 새끼 한 마리
병사들이 탄성을 지른다
비무장지대 환호성이 넘친다

이미 대남 대북 방송은 꺼졌고
새끼 노루 놀랠까
몇 번이고 소총 안전장치를 확인하고
뜨거운 눈물로 바라보던 병사
흐느끼듯 우리에 소원은 통일 노래를
나즈막하게 부른다

입을 모아 부르는 노랫소리
비무장 지대 넘어
북한 병사들도 합창을 한다

물을 먹던 새끼 노루
쫑긋 귀를 세워 듣는다

진눈깨비
−비무장 지대

우리는 초겨울
진눈깨비에서
눈이나 비를 골라서
맞을 수는 없는 일이다

잠시 눈이 되고
비가 되었다고
하늘이 다르다
부정 할 수 없는 일이다

철조망에 찢어진다고
지뢰 밭 뿐이라고
진눈깨비가 피해서
내릴 수는 없는 일이다

가시 울타리 쳐 놓고
사람들이 등 돌렸다고
녹은 진눈깨비마저

눈물 빗물 나누어
흘러 갈 수는 없는 일이다

무지개
–비무장지대

이 잡놈들 보게나
철조망을 쳐 놓고
등돌린 척하더니
캄캄한 소나기 내릴 때
일곱 색깔 연막탄으로
비무장 지대 가로지른
무지개처럼 위장해 놓고
연통을 주고받았구나

우리가 포를 쏘면
빨주노초파남보 일곱 색으로 물들어
알록달록 포물선을 날아가
형형색색 파편이
어디쯤 튈 것이라는
귀띔을 하는 마음을
소경 봉사 아니면 다 보겠구나

이왕 속내를 들킨 마당

더 이상 망설일 것 없이
철조망 다 걷어내고
흰 무명 자락을 무지개 속에
담궜다 꺼내면 색동옷 될 터이니
한바탕 차려입고
아리랑 통일 춤이나
쓰리랑 추어 보자꾸나

라면 여덟 상자

경로당에 모여
기억 속에 똬리 틀은 고향자랑을
국수 타래처럼 풀어내던 노인들
점심으로 라면을 끓였는데,

만물 박사 평양 김씨
라면 한 개 풀면 오십 미터라 한 것뿐인데
셈이 빠른 황해도 최씨 노인
휴전선 이십 리는 라면 여덟 상자라
속없이 이야기 한 것뿐인데

오늘 라면은 매웠나 보네요
노인들 눈자위가 붉은 것을 보면
라면을 그대로 남긴 것을 보면

경로당 구석에서는
라면 끓는 검은 솥만
덜컹덜컹 기차 소리를 냅니다

은장도

높은 곳에 서면
하늘에 닿을까
치마 자락으로
하늘을 가리고
백발 할머니 앉아 우는
월정리 전망대

풀먹인 무명 손수건이
다 젖어도
눈물샘은 마르지 않아
쪽 머리 풀고 우는
비녀 안에 은장도
푸른 이끼가 꼈네

거울 반쪽 나눈 정분
녹슨 철조망 앞에서
지팡이 짚고
평생 기다렸으니

그 날처럼
맑은 하늘에서는
옷고름 물고 기다리겠네

대전차 지뢰

　내 친구 중에 장가도 못간 천방지축 망나니가 있었는데 안
방통소 노릇도 지겨운지라 동송 시내로 술 한 잔 걸치러 나
간 날 촌에서 보기 드문 이쁜 여자 둘이나 끼고 술을 마시는
놈을 보았네 꼴에 사내라고 시비를 걸어 두들겨 패주었는데
글쎄, 이 놈이 조폭 새끼 두목 정도는 되었는지 어쩔거나 말
로만 듣던 서울 조폭들이 떼지어 내려 왔네

　꼼짝없이 몽달귀신 주먹받이 처지가 된 친구 놈 장마 때
떠내려온 대전차 지뢰를 하나 들고 "야 이놈들아 이게 지뢰
다 같이 밟고 같이 죽자" 덤벼들었네 무식한 조폭 놈들이 지
뢰는 다 같은 줄 알고 유야무야 슬금슬금 서울로 올라 가버
렸네

　검은 차를 타고 가는 놈들을 바라보며 대전차 지뢰 위에서
폴짝폴짝 뛰던 친구 방정맞은 꼴에 반한 콩깍지 쓴 여자와
콩짝콩짝 눈이 맞아 지금은 아들 하나 딸 하나 낳고 잘 살고
있네

　수복지구가 생긴 이래 지뢰 덕을 본 놈은 내 친구뿐이지 아마,

수류탄 고기잡이

장마에 오덕리 개울이 난리통처럼 뒤집힌 뒤에 마을 사람
들이 흔해빠진 수류탄 들고 고기 잡으러 가던 시절을 아시는
지요

진격을 기다리는 군인처럼 뚝방에 엎드린 마을 사람들, 빨
치산 최씨 폼 나게 수류탄을 개울에 까 넣고 배를 드러낸 피
라미, 붕어, 메기, 가물치를 건져내면 되는 세상에서 가장 간
단한 고기잡이...

모래밭에 걸어 놓은 검은 솥에 고기와 밀가루 수제비 뜯어
넣고 끓여 반합 뚜껑으로 먹던 매운탕에서는 화약 냄새나지
않았지만

가끔, 수류탄을 들고 미끄러져 고기 대신 사람을 잡던 배
고픈 시절은 아시는지요

금강초롱

아직 걸어서
금강에 이른 사람이 없다

총을 든 力士들이 지키는
금강 철조망 벽에
바람이 통하고
하늘도 통하나
사람은 잡초 속에
길을 찾지 못해
절벽에 선 마음이니

행여 금강에 이르는
길을 잊을까
금강초롱 바람결에
장안사 종소리를
슬쩍 흔들고 있는데

금강산 큰 애기

늙은 귀를 먹어
그 소리 듣지 못하고
우리는 매운 화약에
눈이 멀어 볼 수도 없다

도피안사 봄바람

피안은 없고
피난만 있던 자리
법당 뜨락을 벗어나면
향냄새는 지워지고
도피안사 뒷산에 올라
침묵이 가부좌를 틀은
비무장 지대를 바라본다

총소리, 대포소리
구멍 속에 바람을
소리라 했던가
지나온 산길을 돌아보니
초등학교 소풍 와서 부르던
내 노래 들리지 않아도
꽃들은 그대로 피어 있다

옷깃에 묻은 법어를
털어 내는 봄바람은

들판 철조망이나
대웅전 철불 쇳가루를 긁어내고
탕탕탕 총소리 이 시대의
목탁소리 일까
먼 산 풋소리
풍경이 파르르 몸을 떤다

완전 군장을 한 병사들이
탁발승처럼 가는 길 끝에
아득한 북쪽 천산들
통일 용화 세상은 오지 않았다

아이스크림 고지

전쟁통에 포 사격하던 미군들이
아이스크림을 먹고 싶었나 보네

남의 땅에 싸구려
이름을 붙인 그 놈은
할렘가 골목에서 아이스크림이나
게걸스럽게 먹던 철부지겠지

피의 곤죽이 된 고지를 바라보며
딸기 아이스크림을 생각했을까
뼛섬이 널린 고지를 쳐다보며
흰 바닐라 아이스크림을 떠올렸을까

역사는 돌고 돈다만
그 놈들 땅에
호박엿 고지 이름 하나
철썩 붙이는 날을 기다리겠다

낙타고지

철책선 앞 낙타고지를 바라보면서
이 땅이 사막인 것을 알았네

낙타마저 죽은
사막보다 못한 땅인 것을 알았네

바늘구멍 통과한 낙타라도
첩첩 철조망을 넘지 못하고
전쟁 바람에 길을 잃고
귀향을 기다리는 사람들은
이 시대 유목민일 뿐

실향민 우리 아버지
낙타처럼 등이 굽어만 가고
앞산에 할아버지 할머니 두 못등이
내게는 쌍봉낙타 고지로 남았네

가을
- 금학산

운동회 날에도 어머니는
금학산으로 도토리 따러 가셨지요
흰 운동화 대신 검정 고무신
군복에 물들인 반바지 입혀 놓고
쌀밥 도시락을 쥐어 주시면서
금학산 도토리 따러 가셨지요
오색풍선 만국기 걸린 운동장
엄마 손잡고 달리기 경주에서
출발 호루라기 울려도
나는 가슴이 터져라 달리지 못하고
금학산을 바라봐야 했었지요
친구들이 화약 총을 가진 것도
도시락 혼자 먹은 것도
정말 서럽지 않았는데
집 마당에 널린 알 도토리에
왈칵 눈물이 났었지요
도토리 까시던 어머니가 슬쩍 닦던 눈물은
아직도 내게는 소중한 비밀이지요

금지된 편지

북한 어린이들아 너희들은 행복하니
학교 끝나고 속셈, 피아노, 태권도, 영어 학원에서 돌아와
밤에도 학습지를 풀어야 하는 나는 행복해

실직자 넘치는 세상에서 맞벌이하는 부모가 있어서 행복해
저녁마다 자장면, 치킨, 피자를 배터지게 시켜 먹는 나는
행복해
가끔 컵 라면 먹다가 꼬부랑 국수라는 너희들 말이 생각나
서 웃을 때 입안에 찝찔하게 고이는 것이 절대 눈물이 아니
라서 너무 행복해

남녀평등 민주적인 우리 집은 행복해
일주일에 한번 정도 부모님이 격렬한 논쟁을 벌이는 행복
한 우리 집
얼굴에 손톱자국이 휴전선 철조망처럼 그려져 있는 아빠가
소파에서 쭈그리고 자는 것이 문제가 되지 않는 우리 집은
너무 행복해

이제 행복한 편지를 그만 써야겠다

엄마 아빠가 오실 시간, 즐겁게 방 청소 설거지를 해 놔야
거든

그래도 나는 행복해 안녕

똥포

화장실에 앉아 용을 쓰다가
꿍하고 떨어지는 포소리 듣는다
뿌지직 뿌지직 총소리를 듣는다

엉덩이를 까고 앉은 뒤
산 계곡 똥구멍처럼 검은 자리가
쿠린내 대신 화약 냄새 풍기는
이념의 해우소였나 보다

왱왱 비행기들
똥파리 떼처럼 날아들고
편식을 하는 나는
픽픽 방구 불발탄만 날리고 있다

6時와 12時 사이

한반도는 지금 몇 시인가

남한의 모든 총과 대포는
12시 방향에 맞추어져 있고
북한은 6시로 고정되어 있다

남한의 시계 바늘이
6시로 가기 위해서는
3시 방향에 미국을 지나야 하고

북한 시계 바늘도
9시 방향 중국을 지나야 하는
가장 멀고 아득한
12시와 6시 사이

다시 생각하면
우리의 분단 시차는
한나절 6시간

그 짧은 시간 사이로
정지된 시계를 수갑처럼 찬
두 세대가 지나갔다

평양 냉면

무심코 들어간 냉면 집
메뉴판에 평양이라는 단어는
나를 소스라치게 만든다

라면 맛이 최고이던 시절
마귀들이 산다고 믿었던 평양
주문 받는 주인은
다행히 경상도 사투리이다

철조망 너머를 모르는 나는
대접에 담긴 냉면이
평양 맛인지
경상도 맛인지
공복만 채우면 그만이다

평양을 팔아
돈을 세는 주인 앞에서
분단을 통째로 요리하는

내 詩가 점심도 되지 않는 세상
매운 겨자를 풀고
질긴 면발을 씹는다

단풍

색깔 아르레기는 없는가 당신은
붉은색만 보면 조건반사적으로
입안 가득 고여 드는 경계심
나는 세뇌된 파블르의 강아지인가
붉은 천 조각에 무작정 달려드는
투우장 황소인가

온 세상이 붉어지는
가을은 불안하다
새빨간 단풍나무 그늘을 지나가는
군인들 배후가 의심스러운 나는
초등학교 시절 경전처럼 외웠던
붉은 번호를 떠올리며
핸드폰 배터리를 확인한다
파란색의 하늘이
이유도 없이 안심 된다

색깔로부터 자유로운가 우리는

파란색에 집착하는 자폐 증상으로
빨간색을 볼 수 없는 색맹 아닌가
단지 바람에 단풍잎 떨어진 것뿐인데도
지독한 최면에 걸린 것처럼
붉은 별을 달고 쓰러지는
추레한 병정들 모습이 떠올라
박수를 치고 싶은 내 몸에
붉은 소름이 돋는다

장마

　세상은 한 치 앞도 보이지 않는 정글 속이다 칡넝쿨처럼
얽힌 천둥과 풋소리, 울창한 장대비를 헤치고 병사들은 행진
중이다 질컥이는 군홧발 아래 지뢰가 있다면 눅눅한 폭팔음
뒤에 빗물에 곱게 씻겨질 팅팅 불은 발가락… 오늘은 허리
가 유난히 아프다

　하늘에 번개가 명중했다 파편처럼 쏟아지는 빗방울에 우울
바이러스 섞여 있는 걸까 경쾌하게 귓속을 짓이기던 탱크의
삐걱임이 우울하다 내 귀를 빠져나온 달팽이가 바람의 복부
를 난도질하는 풀잎을 기어오른다 귓속이 끈적거린다

개망초

유월 민통선 들판
수의를 널어놓은 듯
개망초 꽃밭이다

피를 묻은 땅에서
더 환한 꽃을 피우는
개망초는 일본 놈들이
나라 망하라 몰래 심은 꽃

질긴 우리 들꽃을
다 쫓아내고 주인 행세하는
개망초는 태평양 건너
미국이 고향인 꽃

조선의 땅과 사람에
기생하는 잡풀을
뽑아낼 기회도 없이
깊은 개망초 그늘 아래

반쪽박 찬 나라만 남았다

바람이 개망초를 지배하는 지
개망초가 바람을 명령하는 지
유월 민통선 들판에는
뽑아 버릴 것이 너무 많다

폭탄 세일

북한의 핵 고백으로 소란한 오후
벽에 붙은 폭탄 세일 광고
덜컥 가슴을 흔든다

이 땅에 폭탄이 얼마나 많아
세일까지 하는 걸까

정찰 삼아 매장에 들려
폭탄 대신 옷 한 벌 들고
돌아오는 길

용화동 뒷산에 포사격 소리
능선 불발탄이라도 모아
진짜 폭탄 세일 해볼까

결혼식

아비의 착각인가
하객이 나누어 앉은 통로
원한의 분단 길로 보인다

엇박자로 입장하는
아비 평생 행진곡은 두 번 뿐
학도병으로 나가던 운동장
어머니도 흰옷을 입고 있었다

뿌리 깊은 환각일까
사람들 박수
총소리로 들리고
카메라 섬광마저
미군 비행기 폭격으로 보여
눈이 캄캄한 아비는
그 날 형을 잃었다

아비는 돌아서

어머니 기다리는 집으로
달려가고만 싶은데
아직 흑 백 건반 두드리는
행진곡은 끝나지 않았고
철없는 딸년은
자꾸만 앞질러 나간다

요통 클리닉 센터

신토불이라
땅이 아프면
사람도 아픈 법

통증을 느끼기 전에
고질병으로 남은 분단의 요통
대를 물리는 유전병
치사율 높은 풍토병으로 남았다

만성 허릿병 환자들이
땅의 척추에 쇠말뚝 박힌 통증에
눈물을 흘리는 전망대는
요통 클리닉 센터

의사도 없고
처방전도 없어
더 깊어진 요통을
불치병으로 안고 돌아가는 사람들

전문의처럼 푸른 옷 병사들
총에 꽂힌 대검은
아무리 봐도 요통 수술용 칼은
아닌 것 같다

8.15 분단절

해방동이는 없고
분단동이만 있는 이 땅
8.15 광복절은
식민에 분단을 더한 날

아직, 백두산 흙을
다시 만져볼 기회도 없고
대동강 춤추는
꼴을 못 보았으니
광복행사는 헛제사 아닌가

만세 합창도
공염불 아니런가

때려잡을 형
무찌를 아우가
태극기 인공기를
푸른 8월 하늘에

부끄럽게 내거는 아침

차라리 깃대 허리를 꺾어
조기를 내걸고 싶다

도라지 꽃

비무장지대 푸른 능선
뼛섬이 삐져나온 듯
점점 흰 도라지 꽃

산과 벌판 사람들마저
지루한 푸른 색 땅에
흰 꽃을 낯설게 보는 우리는
백의민족일까

저 시퍼런 능선으로
아들을 총알받이로 내몰고
우는 에미야 네 눈물을
시멘트와 철조망에 짓이겨
분단의 장벽을 높일까 두렵다

심심 철조망 산천은
도라지타령을 기억 못해도
지겨운 대남 방송 속에서

도라지 흰 꽃이
피보다 진하게 핀다

오백 원짜리 귀향

월정역 전망대 망원경에
오백 원 넣고
일 분 동안 귀향하는 할아버지

귀향 일 분이 오백 원이면
오십 년 실향은 얼마나 될까
주름진 손에 동전들이
땀에 젖었다

눈을 비벼도
선명하지 않는 귀향 일 분
오십 년보다 더 빠르게 지나갔다

할아버지 떨어트린
오백 원짜리 동전 한 닢
냉큼 주워 매점으로
달려가는 손자 놈

물끄러미 바라보던 할아버지
울컥 각혈하듯
참았던 말을 토한다

어머니

며느리밥풀꽃

따뜻한 밥 한 그릇 올리지 못하고
며느리는 할머니가 되었다

시집 온지 사흘만에
신랑 등에 업혀 피난 나왔어도
등 떠밀어 보내던 시어머니 눈에는
예쁜 꽃으로 남았겠지

시집살이가 피난살이보다 매울까
귀머거리 장님 삼 년 빚만
고리대금으로 늘어간다

올 봄에 시집온 며느리
어버이날에도
전화 한 통 없다

철쭉꽃 필 무렵

먼 산 폿소리에
진달래꽃
뚝뚝 떨어지던 봄

새 집을 뒤지러 가던
양지바른 등성이에서
화들짝 선잠을 깨어
마른 건빵 내밀며
슬프게 웃던
낡은 군복의 아저씨

산자락에서 한나절 놀다
다시 와보니
서둘러 배낭을 메고
북쪽 산길을 돌아서던
그 아저씨 있던 자리에
목련 꽃잎처럼 뿌려진 삐라들

한식날 아버지 산소에 가다보면
그 아저씨 있던 자리에는
철쭉꽃이 붉게 피고
뻐꾸기는 산그늘에 숨어
쓸쓸히 울고 있다

악마의 덫

발바닥에 짜릿한 지뢰 뇌관의 전율
악마의 덫을 느끼는 순간
역발산 뜨거운 콧김이
쉬익 피어오르면서
땅을 박차는 힘으로
나를 지옥의 우물로
던져버릴 것 같다

발끝을 찌르는
예리한 악마의 칼은
다섯 발가락 마디마디를 잘라내고
발바닥을 송송송 썰어서
허공에 던지는 것도 찰라

발바닥 살을 발라낸 악마는
여섯 개 발바닥 뼈 틈 사이로
칼을 찔러 조각조각 낸 뒤에
아드득 아드득 잘게 씹어

푸른 하늘에 훅 내 뱉는다

발목이 날아간 뭉툭한 끝에
너덜대는 살점들을
다시 뜯어내던 악마는
철철 샘솟는 뜨거운 피를
벌컥벌컥 마시고
발목 하나를 빼앗긴 나는
중심을 잃고
평생 나락으로 쓰러진다

지뢰 융단

우리는
지뢰 융단을 펼쳐 놓고서
당신을 기다리지요

지뢰를 즈려 밟고
아름다운 피보라 친 뒤에
끊어진 다리로 엉금엉금 기어오실
당신을 기다리다
철조망은 녹이 슬고
지뢰 융단이 낡았지만

오시는 길목마다
총이며 대포를 장전해 놓고
당신 가슴에 환영 축포를
날리는 기다림은 여전하지요

조선의 푸른 하늘에
인공위성 전폭기 띄워 놓고

서로를 손꼽아 기다리는 우리는
한 민족 위대한 배달민족이지요

오늘도 우리는
지뢰 융단 펼쳐 놓고
당신을 손꼽아 기다리지요

민방공 훈련

국민 여러분
실제 상황입니다

봄부터 여름까지 초록 세상은
녹색 경계경보 발령입니다

가을 들녘과 산이 붉은 것은
황색 공습경보 발령입니다

눈 덮인 겨울 삼천리
백색 해제경보입니다

지금은 분단 60년차
민방공 훈련 중입니다

까치

새들이 천연기념물이면
하나 뿐인 분단의 땅은
세계 보물이겠지

점령군을 해방군으로 믿고
소를 잡았던 사람들이
다시 돼지 배를 갈라
쓸개 간 내장으로
핏칠하는 민통선 들판

피 냄새 맡고 날아오는
천연기념물 독수리들에게
땅이고 집이고 다 내주면 되는데
흔해빠진 까치들은 왜 싸우는 걸까

독수리들이 물러 간 뒤
돼지 내장은 까마귀 몫이고
날개 꺾인 까치 목덜미를

들고양이 물어뜯어도
지뢰밭 아카시아에 까치들은
더 이상 물러 설 곳이 없다

별

우리 낭만적으로
별을 헤어 본 적이 있던가

별 하나
우리 마을 부대 앞에서
자주 볼 수 있는 준장

별 둘
땡볕 아래 훈련을 나가던
군인들 사이를 지프차 타고 가던 소장

별 셋
배고픈 군인 탈영했을 때
검은 군화발로 중대장을 차던 중장

별 넷
한번도 본적이 없지만
수복지구 아이들 꿈이던 대장

별 다섯
매일 술타령에 인심 좋은
엿장수 전과 5범 아저씨

내 기억 속에 별들은
하늘에 떠있지 않았고
먼지 풀풀 나는 신작로에
뒹굴고 있었다

관광버스 열 대

오늘도 지뢰밭 사이
포장된 대마리 길을 따라
울긋불긋한 모자를 쓴
관광객을 태운 버스가
백마고지로 신나게 달려갑니다

옛날에는 철모를 쓴 젊은이들이
덜컹이는 길을 따라
백마고지로 가서는
다시 돌아오지 못했습니다

그것도 버스 열 대에 탄
사람 숫자만큼
매일 매일, 생의 마지막
총알받이 관광을 나서야 했습니다

지뢰 인간

무서운 일이지만
지뢰가 묻힌 철조망 밖에는

정교하게 세뇌된
우익 지뢰 인간 4천만
좌익 지뢰 인간 3천만
7천만 개 지뢰가 있다

이념 문제 앞에
뇌관을 세우고
언제라도 터질 것 같은
우리들 머리 속 지뢰

좌익 뇌관, 우익 뇌관도
장착되지 못한 나는
불량품인지 모른다
지뢰 인간들 세상에서는,

切腹山

문혜리 사격장에서
날아온 박격포들이
사람으로 치면
복부쯤 되는 중턱에
무수히 떨어지는
용화동 뒷산

포 사격 멈추는 시절 오면
그 산에 切腹寺 지어
박격포 원혼을 달래야겠네

대포를 상량 삼고
철조망으로 소총을 엮어
지붕 올려놓은 뒤

산에 뒹구는 폭탄 껍데기
녹여 불상으로 앉히고
탱크도 녹여 쇠북 만들겠네

지뢰라 쓴 양철 조각을
풍경으로 달아매고
불발탄을 목탁으로
두드리다 보면

매캐한 화약연기
산 꽃향기에 씻겨지고
계곡을 흔들던 박격포 소리도
뻐꾸기 울음에 묻히겠지

가죽

밤마다 철조망을 보고
짖는 나는 늑대인가 보다
철조망 너머 동족에게
슬픈 신호를 보내는
나는

철조망을 물어뜯을
이빨 없는 나는 양인가 보다
한 번도 철조망을 뚫고 나갈
발톱을 세운 적 없는
나는

내게 뒤집어씌운
가죽은 질기기만 할 뿐
늑대 울음 보다
양들 침묵 보다
뒷산에 떨어지는 박격포 소리가
더 애절하다

비둘기

평화 문장 속에 비둘기를
이제는 풀어 줘야하네
월계수 이파리도 떼어내야 하네

우리들 평화 문장에는
최신예 비행기 새겨 넣고
테두리에 철조망 그려 넣어야 하네

평화는 철조망 아래서
방주를 항공모함으로 바꾸고
비둘기 대신 비행기 날리면서
눈치 보는 꽃놀이 아닌가

맑은 하늘에 비행기
고막을 찢어도 참아야 하는
태평한 봄날에는,

까마귀

1.

밤새 날아 온
새들이 울기도 전에
어머니가 먼저 입을 열었다
재수 없는 새 새끼들
탁 뱉는 침이 검다

새들이 맴도는
구겨진 길 끝
폐병쟁이 할머니 사는 외딴집
무덤보다 쓸쓸하다

2.

하루종일
새들이 나를 불렀다
검은 양날 도끼 같은 날개로
겨울 하늘 고요를 깨치면서

서둘러 문을 걸고
솜이불을 뒤집어쓰고 누워도
마음속으로 바짝 다가서는
검은 복면을 한 생각은
꿈길까지 따라 붙을 것이다

　3.
그들이
앉는 자리는 불온하다

막사 철조망 끝에 그들은
접근하면 발포한다 경고 판에
피 묻은 똥을 싼다
피똥 냄새나는 총은
우리들 가슴에 조준되어 있을 뿐

보초병 검은 눈을
무심히 바라보는

그의 목젖이 바르르 떨린다

사람이 먹거리이던
그 시절이 그리운지,

껍데기

풀을 뽑는
감자밭 고랑에
머리 내민 폭탄 하나

덜컹 내려앉는 가슴으로
조심조심 파보니
알맹이도 없는
포탄 껍데기였네
빈 껍데기였네

멀리 들판 가운데
머리를 내민 휴전선 철책
저 것도 껍데기인지 모르겠네
헛 껍데기인지도 모르겠네

2

곰보돌1
-한탄강

강물이 천년을 흘러도
자갈에 구멍 하나
만들지 못하는데

강가 철쭉보다 곱던
어머니 뼈마디는
백년도 안되었는데
구멍이 생겼다네요

배부르게 먹고 싶다던
시장 해장국에
선지 덩이 마냥
서러운 구멍이 생겼다네요

겨울 둑길에서
제게 업힌 어머니는
뼛속까지 시린 바람들어
너무 가벼웠네요

곰보돌2
—등뼈

서 너 번 우려내
맹물만 나오는 뼈다귀를
쓰레기통에 던지는 찰나
질긴 근육 빠져나간
뼛속 깊은 터널 사이로
맑은 하늘이 보입니다
어머니 등뼈 사진 속에
끝없이 아득하던
터널들이 보입니다

호미 품 팔고 온 저녁
보리밥 된장 뿐인
상머리에서 울던 어머니는
등뼈라도 빼서 고아 먹이고
아침이면 다시 맞춰
품 팔러 나가고 싶어 하셨지요

제비 새끼 같은 우리
삼 남매를 위해서라면

들사람

1.
개나리 치마에
진달래 저고리 입고
나물 캐러 나온 할미
쑥덕 소쿠리에 팔랑 떨어지는
분홍 꽃잎 한 장

먼저 간 그 양반이
떠꺼머리 총각 때처럼
연서戀書를 보내는 걸까

그 꽃잎 한 장
들판을 덮고
가슴을 덮는다

2.
땀으로 몸을 씻고
햇살로 얼굴마저 씻어

환한 하늘을 보면
짝 짓는 종다리 한 쌍
연지 곤지 대신 흙탕 찍어 바른 사람아
족두리 대신 흰 수건 머리 없은 사람아
철쭉 그늘에 숨어
뻐꾹 장단에 취해 볼 까나

3.
바람 사운 대는
밭에서는 옥수수 되리
바람 사글 거리는
논에서는 벼나 되리
평생 들판
허수아비 되리

흙으로 돌아간대도
흙바람으로 다시 와
밭이랑에 살겠네

논두렁에서 살겠네

4.
소쩍새 울음 옥수수 알로 남고
개구리 노래 벼 낱알로 여물어
새벽마다 이슬로 씻다보면
국화 향기에 익어
밀주 익듯 노랗게 익어서

들사람에게
알곡이 머리 조아리고
경배하는 모습이란

금학산이
꼭 할아버지 얼굴로
들녘을 바라보는 모습이란

제초제

달포 만에
봄비 내리던 밤
논두렁 끝 집 사내가
제초제를 마셨다

유품이라고는
다 마시지 못한
제초제 한 병
빚보증 독촉장
위를 세척하기에 부족한
어린 남매의 눈물

평생 집 한 칸 없던
사내는 공동묘지에
묻히겠지만

사내 무덤에는
제초제에도 죽지 않은

질 긴 풀들이 자라겠지만

서넛뿐인 문상객이
나누어 마시는 술잔에서는
풀 냄새가 났다

밤 꽃

언덕 과수댁 밤나무
꽃향기로 온 마을을 덮는다

봉창 달빛 아래
홀로 치마끈 풀던 밤이면
살짝 문고리 풀어놓던
청상과부 한숨이
밤꽃 향기에 섞여 있겠지

살다 보면 눈웃음치는
남정네는 많아도
못난 서방처럼
밤꽃 냄새 풍기는
사내는 없었겠지

언덕아래 파란 대문 집
홀아비 잠 못 이루는 것은
소쩍새 때문은 아니겠지

밤꽃 향기 때문도 아니겠지

가을에는 과수댁 밤나무에
쌍 밤이 주렁주렁 열렸으면 좋겠네

완장

검불 태우는 연기를 보고
목에 파릇파릇 힘줄이 돋아
신나게 달려가는 산림 감시원 賤氏

발이 걸려
논도랑 흙탕물에 굴러 떨어졌어도
팔뚝 완장을 대강 닦고
개칠한 얼굴로
천둥개처럼 뛰어 간다

난리통에
붉은 완장 차고 설치던
아버지의 아들답게
힘차게 뛰어 간다

죽창대신
호루라기 물고,

쑈, 스트립 2000

남의 속살을 훔쳐보는 일은 흥분된다

햇빛에는 옷을 벗겨내는 근질거리는 힘이 있다 우화시대
나그네 낡은 외투를 벗겨내던 힘, 해변에서 청바지 지퍼를
내리는 힘, 자본주의 시대 돈으로 옷을 벗긴다 처녀일수록
몸값이 높다

젊은이들은 스트립 쑈에 관심이 없다 옷을 벗고 놀던 시절
산천이 그리운 노인들의 눈물 앞에 배우는 흥분할 이유가 없
다 관객의 머릿수를 헤아려 보며 개런티를 계산한다 무대에
서 주연은 배우이다 사회자는 조연, 조명은 소품, 관객은 엑
스트라일 뿐

개런티만큼 옷을 벗는 배우 사람들 흥분 수치는 개인차이
다 어느 무대에서나 배우는 관객을 희롱한다 관객들의 바라
는 것을 채워주면 다음 번 흥행이 참패한다는 사실을 안다
무대는 넓을수록 좋고 사람이 많아야 몸값이 오른다

앵콜 쑈는 대본에 없었다 계산을 끝내고 무대 뒤로 사라진
배우를 불러낼 수 없다 사회자는 시간만 채우고 퇴장한 뒤에
옷이 벗겨진 관객만 남아 치부를 가리기에 급급하다

배우 처소로 향하는 개구멍 하나 냈다는 사회자의 마지막
멘트도 믿을 수 없다

카네이션

생의 마지막 옷은
왜 눈물나게 흰색인가
어버이날 홀어머니가
내놓는 수의 한 벌

장바닥을 돌고 돌아
싸구려 옷만 사던 우리 어머니
비단 옷 차려입고 고향 갈 날은 멀고
장롱 속 수의를 꺼내 보는 밤만 남았다

모시 바짓단 소매 자락을
촘촘히 줄이던 어머니
광목 수의 입혀 보낸 아버지 생각에
손끝이 바늘에 찔리지나 않으셨는지

식어버린 밥상에
갈치조림 냄새 아니래도
코끝이 맵기만 하고

어머니 옷깃에 주름진 카네이션
이슬이 맺혀있다

우물이 있던 자리

낡은 물지게를 진 듯
삐걱이는 관절로 서두르는
추석 귀향 길
굽은 버드나무 아래
우물이 있던 자리
배나무가 우울하게 서있네
우물 샘에 그림자 비춰보던 소년
늙으수레한 중년이 된 지금
돌각 틈 이끼들이
화석으로 남았을지 몰라도
배나무 그늘은 점점 깊어만 가네
아직, 볼우물 예쁜 소녀가
두레박질하는 물소리 찰랑 들리는
내 마음 속 우물가
멀리 보이는 고향집에 가면
쌀독 옆에 빈 물 항아리
가을볕에 곱게 씻어 말리겠네

가을강

절벽 단풍 그림자
옥빛 강물에 울긋불긋

서럽도록 푸른 하늘이
내려와 앉은 강변에
다정해 보이는 부부

손전화를 마친 남편
아내에게 조용히 이야기 한다

"신장은 3천
눈은 2천만원
어떤 걸 팔까?"

말없이 강바닥을
바라보는 부부

강 건너에서는

어미 잃은 청둥오리 새끼들이
슬프게 울고 있다

명성산 가는 길

산아래 세상에서는
울고 싶은 날이 많았다
천년 전에 왕국을 잃어버린
남자가 오르던 산길을
사랑 잃은 내가 간다
산바람에 비틀거리는 나무들
바위 틈 아슬아슬한 풀들이
중심을 잃고 세상으로
굴러 떨어질 것 같다
흰 꽃들을 풍장하고
몸으로 일제히 우는
억새들 사이 눈물 자국 같은
두 갈래 길을 따라 내려오는 사람들
산을 껴안고 한바탕 울고 난 뒤에
상쾌함 때문일까
얼굴이 단풍보다 붉다

2005 첫눈

엉뚱한 논리처럼 횡설수설 바람이 불고
무책임하게 내리는 첫눈 속에
우왕좌왕 좌판을 걷는 행상들
언제나 하늘은 가난한 사람 편이 아니다

최첨단 자본시대에 함박눈은
식량도 돈도 되지 않는
때에 찌든 하늘을 닦아 낸
구정물일 뿐
눈 속에서 뛰어 놀던 기억들은
낡은 훌로피 디스켓처럼 재생 할 수 없고
눈사람을 만들던 동심이
인간복제의 근원인지 몰라도
눈싸움하던 친구들과의
폭행혐의 시효가 남았는지
자꾸만 그리워진다

자본의 시궁창에서

코 감각이 마비된 우리들은
오늘 내리는 산성눈의
시큼한 냄새를 맡을 수 없어도
세상에 쌓이는 백색 유혹에
온몸 세포들이 올올 풀려버리고
몽환적 상상으로
눈자위가 매워진다

황사

꽃가루 같은 흙먼지
목젖 안에서 심장을 팔딱이며
피는 과수원 배꽃
꽃 떨어진 자리
흙 냄새나는 배가 열리겠지

개흙빛 얼굴의 노인
정류장에서 쪼그려 앉아
기침을 할 때마다
황사 묻은 허파꽈리가
튀어나올 것 같은 오후
고비사막행 버스는 오지 않는다

눈물로 황사를 씻다가
말라버린 눈물샘에서
우렁이 각시라도 나왔나
치맛자락 나풀대는 연변처녀
지분 냄새만 황사바람에 섞인다

구토

희망, 웃기지 마라
봄은 그늘진 김장 항아리 바닥에
대 여섯 포기 남은 김치에 먼저 와있다
혼자 먹는 점심 밥상 위에
곰곰한 김치 군내가 바로 봄 냄새
시금털털한 김치 쪽 우물거리듯
봄을 맞는다

방금 우체부가 던지고 간
홈쇼핑 책표지에 봄처녀
치마가 짧아도 돌지 않는 입맛
정화조 청소하는 이웃집에서
확 밀려드는 물비린내에
입안 가득 고여드는 침
나는 나비는 못되고
똥파리 정도 되나 보다

웃기지 마라, 희망

밀레니엄 봄에는
냉이 국에 버터를 풀어야 하느냐
된장 듬뿍듬뿍 풀어
마당에 누렁이 짖는 소리 넣고
구수하게 끓이면 되는 것이지
개나리 지천 진달래 산천이래도
나는 구토가 나서
봄 냄새를 잘 모르겠다

세상에서 가장 아름다운 노래

세상에 수많은 가수가 있어도
김을 매던 밭고랑에서
어머니가 부르던 낭랑 18세보다
아름다운 노래를 들어본 적이 없다

아버지 사초 가던 날
낫질 서툰 아들 걱정에
산에 오르신 어머니가
산그늘에 앉아 부르던 낭랑 18세보다
더 슬픈 노래를 들어본 적이 없다

막내 여동생 결혼식 가던
관광버스 안에서
분홍 저고리 고름 입에 물고
어머니가 부르던 낭랑 18세보다
기쁜 노래를 들어본 적이 없다

낭랑 18세에 피난 나온 어머니의

노랫가사를 다 기억 못해도
노래 끝에 나즉히 아버지를 찾는
여보라는 마지막 소절이
내 가슴에 눈물로 남아있다

반달 호미

오호라 저기 있구나
첫 휴가 나온 아들 때문에
감자밭에서 잃어버린
우리 엄마 호미가
초저녁 반달로 걸렸구나

평생 김을 맨 밭고랑이
하늘까지 이어졌을까
검은 무쇠 호미가
금빛 반달로 걸려 있구나

초저녁 잡별을
별똥으로 솎아
실한 새벽, 별밭 가꾸어 놓고
서둘러 금학산을 넘어가는
호미 한 자루

아침이면

산비탈로 내려와
감자밭을 매고 있겠구나

외딴 집

북향 창문이 열려 있고
마당에 듬성듬성한 풀

텃밭 감자 꽃이 떨어진지 오래
아린 이파리 다 말라버렸다

할머니가 툇마루에 앉아 바라보던
먼 북녘 하늘로 이어진 길에
보름이나 늦게 걸린 弔燈

우리는 미국에 있다는
유복자 사는 곳을 모른다

봄, 한탄강

백등유 같은 맑은 물에
보기만 해도 뜨거운
진달래 꽃잎 한 점
화들짝 떨어진 뒤에
봄 불에 놀란 피라미 떼
파르르 튀어 오른다

거북이 등짝 같은
곰보돌 위에 앉았던
푸른 불꽃 지짐 선명한 물총새
은비늘 반짝 튀겨진
그 뜨거운 피라미를 나꿔채
철쭉 꽃 활활 타는
검게 그을린 절벽을
아슬아슬 넘는다

마애불
—속리산 법주사

깎아 세운 절벽
한 치도 않되는 암각 속으로
강이 흐른다
깊은 선 하나 하나
강 구비로 돌아
천년 동안 넘친 적 없고
또 천년을 마른 적이 없다
시주 돈 놓지 못하고
빈손으로 곱게 합장하는
촌 할머니 눈가에
사리 같은 눈물
저 바위 속에 강이
천년을 어디로 흘러갔는지
이제야 알겠다

간이역

끝없는 철길 마냥
팽팽한 슬픔에서 기쁨까지
거리는 얼마나 될까
기차는 평행선을 벗어나지 못하고
잠시 멈춘 간이역
예매된 가을이 지나고 있다
건널목 기차가 눈이 부시듯
붉은 산 노란 들녘을
가슴이 확확 달아올라
똑바로 쳐다 볼 수 없네
방금 가을 속을 빠져나와
아슬아슬하게 기차를 타는 할머니
기적이 울기도 전에
흰머리에서 갈대꽃 날릴 것 같네
호주머니에서 구겨지고 있는
편도 기차표대로라면
슬픔과 기쁨 간격은 여전할 것이고
이 간이역에 다시 올 수도 없네

빈장산

싸움터에 나가 객사한 사람
옷가지를 관짝에 담아
장사를 지낸 산을
빈장산이라 부른다네
아낙들 눈물 젖은 역사책에는
싸움 나가 죽은 남정네 너무 많아
조선팔도가 전부 빈장산이네
빈장묘 위에
또 빈장묘 층층 쌓여
봄 산 진달래 철쭉 핏빛이고
가을 단풍도 서럽게 지네
고향에 할머니 기일도 몰라
생신 날 제사 모시는
황해도 연백 사람 아버지는
상위에 놋주발 고봉밥이
가슴 찌르는 빈장산이네

달 밤

상쇠는 어디 갔느냐
방짜 징 하나
하늘에 걸어두고
열 두발 상모
구비 구비 냇물 줄기
버들가지 꺾어 물면
절로 나는 풀피리 소리에
피라미 떼 반짝이는 밤인데
목련 꽃 숭어리
은은히 떨어진대도
개나리 울타리
꽃 어깨를 들썩이는 밤인데
검둥개 짖는 소리
창문 여는 마음속에서
당신이 북을 치는 밤인데

신탄리 역에서

끝에서는
처음이 보이려나
끊긴 철길에
머리 조아리는
할아버지

어머니에게
사나흘 약조하고
반백동안 돌아가지 못한
큰 죄를 비는 걸까

이정표에 그려진 대로
철조망 아래
모두 장기수로 사는 땅
바랜 사진 들고
목메어 우는 일쯤은
사사로운 죄겠지만

마음속에서
버선발로 달려 나오는
어머니를 뿌리치고
막차를 타는 할아버지

죄가 더 무거워진다

삼지구엽초

흰쌀밥 김밥 아니면
소풍 안 간다고 떼를 썼지요

찐 계란 사이다 없으면
소풍 못 간다고 떼를 썼지요

쌀독에 남은 보리 두 되 팔아
소풍 보내달라고 생떼를 썼지요

아들 소풍 보내고
도시락 없이 하루 종일
나물 뜯던 울 엄마 눈물이
소태보다 쓴 풀이되었나 봅니다

뿌리

이 땅에 풀과 나무 뿌리는
사람들 핏줄로 이어져
바람 앞에서 같이 흔들리고
꽃이 피면 사람도 꽃이 된다

시냇물과 강물 줄기는
사람들 눈물샘으로 이어져
강이 넘치면 눈물이 솟고
시냇물이 마르면
사람들 가슴도 마른다

이 땅에 사는 모든 것들
뿌리는 하늘에 있어
햇빛과 달빛과 별빛 아래
꽃 피우고 열매 맺는
모두가 하늘이다

足

상 위에 놓인
돼지 족발 앞에서
지뢰에 끊어진
친구 발목을 생각한다

여름이면 검게 타던
친구 종아리를 떠올리면서
검붉은 족발 살점을 씹는
내 마음속에는 지뢰 융단이
얼마나 깔려 있는 걸까

족발에 붙은 힘줄 같은
내 유년의 기억 속에
무수히 매설된 발목지뢰는
언제쯤 제거 할 수 있을까

무심결에
다리를 더듬어 보고

안도의 한숨 내쉴 때도
상위에 족발은
내 눈물 보다 따스하다

3

미군 쓰레기장 위에 학교

나는 미군 쓰레기장에
세운 학교를 다녔다

이념의 대리전쟁
배설물이 묻힌 학교에서
쪽바리들처럼 빡빡머리
검은 제복의 친구들과
마늘 냄새 풍기는 입으로
혓바닥을 길게 뽑아
빠다 썩은 냄새나는 영어를
헛구역질이 나도록 배웠다

배운 것들은
모두 쓰레기였다

조지 워싱턴 뒤에
머리가죽 벗겨진 인디언
링컨에 숨겨진

사냥 당한 아프리카 노예
자유여신 그늘에
무기를 팔아 세운 피 묻은 평화
카쓰라 태프트 밀약
점령군 대장 하지와 광복절
애치슨 라인과 한국전쟁 따위를
가르쳐주는 선생이 없는 학교는
지식의 매음굴이었다

목총으로 교련을 배우던
운동장에 불려나와
철조망 너머 증오심을
구호로 확인하면서
귀한 양복 입은 허수아비 화형식에서는
손바닥이 터져라 박수를 쳤다

나는 미군 쓰레기장에 세운 학교에서
양아치처럼 학창시절을 보냈다

자전거를 타는 양키

자동차들이
들소처럼 몰려있는 사이로
양키가 삼천리표 자전거를 타고 간다

서로 만나지 못하는
삼천리 자전거 두 바퀴
쇠사슬에 묶여
바퀴 하나 회전만큼
다른 바퀴도 따라 돌아야 하는
대립 구도 안장 위에
살찐 양키 엉덩이만 씰룩대고 있다

양키가 타고 가는 자전거
슬쩍 훔친 것은 아닐까
우격다짐으로 뺏은 것은 아닐까

확실한 것은
서부 영화에서 보았던

정의로 무장한 총잡이는 없고
삼천리 자전거에 앉아
용을 쓰고 있는 양키만 있을 뿐이다

30분

1945년 8월 11일
미국무성
벽에 걸린
극동 아시아 지도
자를 든 미군 중령
38선을 쭉 그었다

그때
걸린 시간 30분

북쪽에 살던
열한살 우리 엄마
영문도 모른 채
빨갱이가 되었다

악의 축

베드로처럼 세 번 부정하라면
이 땅에 분단 철조망
철조망 말뚝을 세운 나라
철조망을 걷어가지 않는 정신을
송두리째 인정하지 않겠다

자기 눈에 핵무기를 감추고
미사일만 비판하는
협박이 방언의 기적인지 몰라도
누가 다윗의 돌팔매로
오만한 골리앗 이마를 깨트릴까

불의 심판을 내리는
검은 스텔스기 천사이고
건물 더미 잿더미에서
통곡하는 사람들이 악마라면
이 시대 성지는 펜타곤이겠구나

당신의 재림 예언은 멀고
무기 장사꾼을 교황으로
맞아들이는 서러운 반도에
천번 만번 물어도
분단 철조망은 악의 축이다

햄버거

미국 냄새나는 가게에서
햄버거를 먹으려는 순간
빵과 빵 사이
얇게 썬 고기를 보면서
땅과 땅 사이에
철조망을 생각합니다

고기를 경계로
오만 잡것들이 우겨 넣어 있듯이
철조망 사이로
짓눌려 서러운 것들이 모여있는
내가 사는 땅

한참이나 바라보다가
식어버린 햄버거를
한 입 베어 무는 순간
케찹이 피같이 뚝뚝 떨어집니다

지금쯤 묵은 철조망에서
피보다 진한 녹물이
흘러내리고 있겠지만
거리에는 휴가를 마친
군인들이 꾸역꾸역
귀대를 하고 있을 뿐입니다.

분단 극복과 통일 문학

분단 극복과 통일 문학

정 춘 근

나는 민간 차원에서 교류가 이루어진다고 통일에 대한 기대감을 갖고 있지 않다.

아직도 이 땅에는 오천년 민족 공동체를 잔인하게 난도질을 한 외세들이 제왕처럼 군림하고 있으며 분단이라는 민족 슬픔에 기생하는 매판 세력들이 득세하고 있기 때문에 우리가 바라는 통일은 신기루에 불과하다.

북한 체제 또한 민족의 아픔을 극복하는 통일에는 관심이 없는 것 같다. 군사적 긴장과 남한 사람들의 섣부른 통일 환상을 부추기면서 더 많은 지원을 얻기 위한 외화벌이 사업으로 이용하고 있다. 민족의 미래를 스스로 결정할 힘과 열정도 없으면서 분단극복 외침은 공염불 헛구호이며 통일 행사도 헛제사일 뿐이다.

지금 우리에게 필요한 것은 평화의 탈을 쓰고 한반도 분단의 골을 깊게 하는 세력들을 똑바로 보는 일이다. 민족 현실을 외면하고 거창하게 세계화를 떠들기 전에 분단의 실체에 대해 고뇌하고 후손들에게 똑바로 가르쳐야 한다.

적어도 한반도가 일본의 식민지가 되기 전인 1905년 7월 '미국은 필리핀, 일본은 대한제국에서의 독점권익을 인정하는 대가를 주고받은' 카쓰라 태프트 밀약에 대해 규명해야 할 필요가 있다.

일본이 항복하자마자 청천벽력과도 같은 38선을 그어 놓고 분단을 만든 책임도 따져야 한다. 이 지구상에는 반 반년 역사와 문화를 자랑하는 민족을 제멋대로 둘로 쪼갤 권리를 가진 나라는 없다. 반인류적인 범죄를 저지른 세력들은 입만 열면 평화나 자유 따위를 나불거린다. 지구촌의 평화 사도인 것처럼 떠벌리고 있다. 평화는 벗겨낸 인디언 머리 가죽에 쓰는 단어가 아니고 분단 철조망을 쳐 놓고 나발을 부는 것이 자유가 아니다.

미군정 이후 극히 친미적인 사람을 대통령으로 앉혀 놓고

친일 범죄자들에게 전부 면죄부를 씌워 주면서 자신들의 충직한 개犬로 만드는 것을 민주주의라 하면 우리 민족의 앞날에는 이미 장송곡이 울리고 조종弔鐘이 장단을 치고 있었던 셈이다. 이후 일어난 우리나라의 개차반 정치는 외세에 종속된 세력들이 번영의 허울 내세우고 자기들만의 밥그릇 싸움판이었다. 그들의 통치 이념은 안보安保였다. 천상천하 안보 독존 시대에는 민주주의 최고 가치인 법은 시녀로 전락했다. 분단 극복에 대한 논의는 빨갱이로 몰리는 설화舌禍였고 집안 패가망신의 지름길로 만들어 통일 열망에 재갈을 물렸다. 정통성이 없는 정권은 자리보전을 위해 집착한 안보와 무장 평화는 바로 현대판 공포정치였다. 결국 민족의 통일 염원은 짓밟혔으며 뒷전에서 무기를 파는 한반도의 기둥서방, 외세들 배나 채워주고 있었다. 어쩌다 요란하게 등장하는 이벤트성 통일 선언 행사는 국민에게 퇴화된 통일 꿈을 더듬어 보는 착각을 만들었지만 언제나 희망사항으로 남았다.

우리들의 분단 의식은 이상하리 만큼 무디기만 하다.
몇 년 전에 9.11 테러가 일어났을 때 우리 국민은 테러를

당한 심정으로 분노를 하고 매스컴에서는 거의 광적인 오열을 했다. 그렇다면 빌딩 2개가 무너진 것과 60년 동안 분단 철조망이 이 땅에 뿌리내린 분단과 어느 것이 더 큰 고통인지 생각해 봐야 한다. 한반도에 가한 분단 철조망은 건물이 무너진 것과는 비교도 할 수 없는 7천만에게 저지른 철조망 테러이며 대 재앙이다. 적어도 일본 식민지 시대에는 한반도 곳곳을 다닐 수 있는 자유는 있었다. 해방 이후 분단은 우리들 발길을 모조리 묶어 놓고 이념의 편식을 강요했다는 점을 생각해 보면 8월15일 광복절이 아니라 국치일 분단절이라는 자각이 통일의 시작이라는 생각이다.

이런 폭력 앞에 분노감을 느끼지 못하는 우리 민족의 역사 시계는 60년 전에 멈추어 있다. 동서 냉전 이념이 이미 지구촌에서 고린내 나는 낡은 것이 된지 오래지만 세계 유일의 분단국가로 남은 우리는 선진국민이 아니다. 지구상에서 유일하게 이념이 신앙인 미개인이다. 겉으로 드러난 경제 지표로는 선진국 수준이라고 자랑하지만 세계 역사상 지금 분단의 고통을 겪고 있는 나라가 없다는 점을 생각해 보면 가장 지적 능력이 떨어지는 족속인 것이 분명하다. 단적인 예로 탱크로 우리의 꽃다운 여중생 2명을 짓이겨 놓고서 무죄 판결을 내리는 철면피들에게 우리는 어떻게 했는지 생각해 보면 그 해답은 분명하다. 민족의 아픔을 공감하지 못하면서 통일을 외치는 것은 무책임하다. 외세의 간섭으로부터 벗어나 민족 운명을 스스로 결정하겠다는 자존심 없이 떠드는 수식어에 불과하다.

이 땅에 문학은 민족의 아픔을 느끼는 것에서부터 시작해야 한다. 분단의 철조망에 희망이 찢긴 사람들의 눈물을 닦아주려는 노력은 문학인의 몫이다. 문학은 국적이 불분명한 이론이 아니라 이 시대를 살아가는 사람들의 노래가 되어야 한다. 골리앗 같이 거대한 분단 실체에 당당하게 맞서는 다윗의 용기가 문학인에게 필요하다. 작은 노래 가락이라도 우리 민족이 입을 모아 가슴으로 합창을 한다면 바로 그것이 하늘의 소리가 될 것이다. 외세를 몰아내는 만파식적이 될 것이라 믿는다.

　이런 생각을 하는 순간에도 용화동 뒷산에 떨어지는 폿소리가 앙칼지게 하늘을 흔든다. 그러나 분명한 것은 포사격 소리에 흔들리는 산에서는 향기로운 꽃이 피고 탱크들이 훈련하는 계곡에서는 결코 꺾이지 않는 풀들이 뿌리를 내리고 있을 것이다. 그 아름다운 생명력에 어울리는 글을 쓰기 위해 노력을 할 것이다.